Malaa'iigtii Alfi

Alfie's Angels

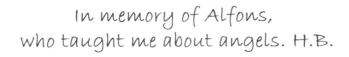

In memory of Alfons,
who taught me about angels. H.B.

For Mum, Dad and Daniel,
for your support and encouragement. S.G.

First published 2003 by Mantra
5 Alexandra Grove, London N12 8NU
www.mantralingua.com

Text copyright © 2003 Henriette Barkow
Illustrations copyright © 2003 Sarah Garson

British Library Cataloguing in Publication Data:
a catalogue record for this book is available
from the British Library.

Malaa'iigtii Alfi

Alfie's Angels

Henriette Barkow

Sarah Garson

Somali translation by Adam Jama

mantra

Alfi wuxuu rabay inuu noqdo malag.
Wuxuu ku arkay buugtiisa.

Alfie wanted to be an angel.
He'd seen them in his books.

Wuxuu ku arkay riyooyinkiisa.

He'd seen them in his dreams.

Malaa'iigtu baalal ayay leeyihiin oo way duuli karaan.
Alfi wuxuu rabay inuu baalal yeesho si uu subaxdii
dugsiga ugu sii duulo oo aanu u habsaamin.

Angels have wings and angels can fly.
Alfie wanted wings so he could fly to
school on time.

Malaa'iigtu way ciyaari karaan oo ku heesi karaan cod macaan.
Alfi wuxuu rabay inuu heeso si uu ugu biiro kooxda dugsiga.

Angels can dance, and sing in beautiful voices.
Alfie wanted to sing so that he could be in the choir.

Malaa'iigtu waxay ku socdaan xawli aan ishu qaban karin.

Angels can move faster than the eye can see.

Alfi wuxuu rabay inuu intaa ka dheereeyo
si uu goolal badan u dhaliyo.

Alfie wanted to move faster so
that he could score more goals.

Malaa'iigtu qaab walba way yeelan karaan...

Angels come in all shapes...

...iyo qiyaas walba,

...and sizes,

waxaanay samayn karaan waxyaabo cajiib ah.

and they can do the most amazing things.

Alfi wuxuu rabay inuu noqdo malag.

Alfie wanted to be an angel.

Wuxuu ku arkay buugtiisa.
Wuxuu ku arkay riyooyinkiisa.

He'd seen them in his books.
He'd seen them in his dreams.

Haddaba carruurtu sannadkii marbay
isu ekaysiiyaan malaa'iig.
Macalimiinta ayaa doorta.
Waalidkuna way u labisaan.
Dugsiga oo dhamina wuu daawadaa.

Now once a year children can be angels.
The teachers choose them.
The parents dress them.
The whole school watches them.

Alfi macalimaddiisu waxay doorataa hablaha sannad walba.

Alfie's teacher always chose the girls.

Hablaha ugu quruxda badan. Hablaha ugu timaha dheer.
Hablaha ugu indhaha waaweyn ee ugu qosolka macaan.

The prettiest girls. The girls with the longest hair.
The girls with the biggest eyes and the sweetest smiles.

Laakiin Alfi wuxuu rabay inuu noqdo malag.
Wuxuu ku arkay buugtiisa.
Wuxuu ku arkay riyooyinkiisa.

But Alfie wanted to be an angel.
He'd seen them in his books.
He'd seen them in his dreams.

Markii macalimaddii waydiisay, "Yaa raba inay noqdaan malaa'iig?"
Alfi baa gacanta taagay.

When the teacher asked, "Who wants to be an angel?"
Alfie put up his hand.

Hablihii baa ku qoslay. Wiilashiina way ku oriyeen.

The girls laughed. The boys sniggered.

Macalimaddii ayaa soo eegtay. Macalimaddii baa fekertay oo tidhi, "Alfi wuxuu rabaa inuu noqdo malag? Laakiin hablaha uun baa malaa'iig noqon kara."

The teacher stared. The teacher thought and said, "Alfie wants to be an angel? But only girls are angels."

Alfi baa qunyar madaxa ruxay,
markaasuu macalimaddii uga sheekeeyay malaa'iigtii.

Alfie slowly shook his head,
and he told his teacher all about the angels.

Sidii uu ugu arkay buugtiisa.
Sidii uu ugu arkay riyooyinkiisa.

How he'd seen them in his books.
How he'd seen them in his dreams.

Markuu Alfi sii wado hadalkaba, kalaaska oo dhan baa sii aamusa oo dhegaystay.

And the more Alfie spoke,
the more the whole class listened.

Qofna kuma qoslin, waayo wuxuu rabay Alfi inuu noqdo malag.

Nobody laughed and nobody sniggered, because Alfie wanted to be an angel.

Imikana waxaa la gaadhay waqtigii sannadka ee ay carruurtu isu ekaysiin jireen malaa'iigta. Macalimiintii ayaa bartay. Waalidkiina way u soo labiseen.

Dugsigii oo dhamina way daawadeen iyagoo ciyaaraya oo heesaya.

Now it was that time of year
when children could be angels.
The teachers taught them.
The parents dressed them.
The whole school watched
them while they sang
and danced.

Alfi wuxuu noqday malag!

Alfie was an angel!